竜宮岬

齋藤貢

思潮社

竜宮岬

齋藤　貢

Ⅰ 岬にて。

Ⅱ 竜宮へ。

装画＝粟津杜子、装幀＝思潮社装幀室

I　岬にて。

竜宮岬　1

渚を少しばかり歩いて
そこから
急峻な崖づたいに
舟をめぐらすと
そこが竜宮岬*だという。

その場所を
うまくことばで掬いとれないのは
岬の突端にはいつも霧がたちこめていて
霧の向こう側から
聞こえてくるのが波の音ばかりではないからだ。

竜宮岬ハ　ココデス。
竜宮岬ハ　コノサキデス。

くぐもった小さな囁き声が聞こえ
ひとの嬌声のような
鳥の羽ばたきのような
奇妙な響きが一瞬水を打ったかと思うと
そこから先では
ことばが水の中にかき消えてしまう。

なぜだろう。

めまいのように
いつも襲ってくる恐怖のような
奪われる悦楽のような

竜宮岬のまぼろし。

竜宮岬に　たちこめる霧。

その釣り針のような形状の
岬の突端には
海幸彦のまぼろし。

竜宮ニハ　イケマセン。
竜宮ニハ――

なぜって
ひとのいのちには　限りがあるからです。

洪水伝説

あそこで波立っている
　　のは
　あなたです

　ひらいた掌の上
回転しつづける独楽《こま》のような

アダムの喉仏《のどぼとけ》のような

とめどなくあふれ出るかなしみに
　わたしたちは満ちていて

雪の結晶のように
ひとすじのひかりのように
たくさんの水滴が
天から降ってくるのです

ノアは
かなうひと
無垢なひと

だから
たくさんの糸杉を切り倒して

かなえられる方形の
一尾の魚の胎《はら》で安らかに眠ります

この
洪水の時代には
かなしみが降り注ぐばかりで
生まれ出る喜びも
悦楽も安息も
ここには
ない

行きて負ふかなしみぞここ[*1]
と
詠いながら
スサノオも　アダムも
楽園を追われ
魂をふるわせて
いる

幾すじもの黄金色のひかりの
柱に
風に
火に
あなたは
ただ通り過ぎてゆくだけで
驟雨のように
雪のように
全てを包みこんで
通り過ぎていくのですから
（あなたは
（みずかありなむ[*2]
（みずかありなむ

天から
かなしみは
降るのですか
と

並《な》べて
わたしたちは
虚ロナ容器で
孤立スル
寂シイ容器にすぎないのですか
と

ノアよ
答えてください

あなたは
死の苦い水を渡り
ノアは
命じられたままに
天から降るかなしみの全てを
方舟に積みこんで

さらば
孤絶の
あそこで波立っている
のは
あなたの証しなのですか

失楽園

あなたのいのちの海に点《とも》る陽炎
のような
イヴ。

わたしのこころの空深く沈む太陽
のような
アダム。

永久に身体に残る慈愛
のような
聖痕。

幾世代も継承される贖罪
のような
遺伝子。

約束は果たされてこそ。

守られてこそ。

守れなかった約束には
雪が激しく降りしきるだけのこと
と
アダムに強く抱かれながら
愉楽にうちふるえて
イヴ。

解き放たれたこころの木に巻きつき
あなたを苦しめているのは
楽園の蛇です。

差し出された青い果実を無心に頬張る
醜いわたしは
イヴよ。

もう二度と戻れない道を行くのですか。

指切りには
果たしてしまった後悔
と
信じることへの不安
とが
癒されない傷のように

きりきりと今でも痛むのです。

楽園に雪は降らない
が
この地で雪は
わたしたちに優しく降り積もる。

失ってはじめてわかる
苦しみがあり
失ってみないと気づかない
喜びがある。

息のつまるような抱擁に
全てを投げ出して

わたしたちは

真っ白い雪のように不透明な世界に落ちる。

雪はげし抱かれて息のつまりしこと* 多佳子

愛は

かりそめの悦楽。

さくら

言葉はきらびやかな衣服で
身にまとえば
いつのまにか華やかな気配に包まれる。

実体のない心をもてあそび
くちびるに
ありもしない恋のさやあてを愉しんでみたりして――。

でも
ひとは　どうして
言葉そのものにはなれないのだろう。

身体を空《から》っぽにして
そらになる心のまま
どれほど　夕焼けに身を焦がせば
わたしたちは言葉そのものになれるのか。

いつかひとは死ぬもので
ならば
あなたは

　そらになる心は春の霞にて世にあらじともおもひ立つかな*　西行

空《そら》に吸い込まれる言葉のように死んでいきたい。

例えば
薄紅のさくらに身を染めて。

あなたは　世界に　あなたの全てを
埋《うず》めて。もたれて。かたむけて。あずけて。

言葉は
身にまとう空虚な意味にすぎないのだけれども
あなたの願いは
欣求浄土の美しさに似ている。

絶望も
花鳥風月も
そこで
死ぬひともいるのだから

あなたの魂は
そらになる心のまま

春の霞のように空中を浮遊する。
そっと吐く息のような　ひそやかな言葉で。
さくらの花衣《はなごろも》で。

非在の耳

目を閉じて耳を澄ませば
柔らかな耳のひとよ。

ピアノ奏者の　第一楽章は
見えない指の仕草がとてもやさしい。
耳は閉じられない。
だから　いつも音は待たれている。

次の音が　未来が
間をおかず　ひとつの調べとなるために。

見えないひとすじの光となるために。

指先で
世界はどのように開かれていくのだろうか。

ピアノ奏者が
楽器の纜《ともづな》を解くと
いっきに
指先から音は溢れはじめて
いくつもの歓喜の波に　耳は揺られている。

耳で音は歌われている。
音で耳は歌っている。

音は　既に

両手の指先で舞踏《ダンス》をはじめていて。
音は　形をなくして
あなたの心象を駆けめぐっていて。

目を閉じた闇の中に
大きく開いた耳のひとよ。

あなたの耳は
ピアノ奏者のように孤独だ。
やがて　終末が訪れるだろう。
火傷《やけど》のような痛みを負いながら
うつろな耳のひとよ。

目を閉じて耳を澄ませば
音楽は
驟雨のようにあなたの傷口を濡らしている。
非在の耳の在処《ありか》を求めて。
非在のことば《ロゴス》の調べとなって。

ヤコブの夢

あなたのゆめに　もぐりこみたい。
あなたのからだに　とびこみたい。

からだは小さな肉片で
ゆめはからだのささやかな意匠に過ぎないとしても――。

たとえば
脳髄や耳や口や眼など
あなたのからだの
濃密に繁った深くて薄暗い森についての話だ。

ことばが大きな蔦のように
あなたのからだに絡みついている。

あなたの
からだのなかでは
ゆめが火のように燃えている。

だから
あなたのゆめに　もぐりこみたい。
あなたのからだに　とびこみたい。

でも
閉じられている森だから

ちいさなからだの内側で
ゆめやことばは　すべて

跡形もなく燃えつきて　灰になってしまうのだろうか?

でも
閉ざされた森だから

からだの外側に
呼吸のようにそっと漏れ出ていく
そんなことばやゆめもあるだろう。
とてもからだは語りたがっている。

たくさんのことばに抱きつかれて
いま　あなたの胸は高鳴っている。

ゆめは待ち望まれていて
だから

ヤコブ*よ。

あなたのゆめに　もぐりこみたい。
あなたのからだに　とびこみたい。

あなたのゆめの
かぐわしく甘い香りに
わたしのからだがとけて
あなたのからだとひとつになって
蜜のような土地になる。

そこに播かれる一粒の麦。
あなたのゆめに　もぐりこみたい。
あなたのからだに　とびこみたい。

サヨナラ*

ことばの枝葉を搔き分けて。
太古の森の茂みから
そっと顔をのぞかせて。

サヨナラ。

あなたは彼岸からしきりに手を振っている。
泡沫《あぶく》のように小さな声で末期の挨拶をして。
片手を軽く挙げて。

サヨナラ。

いつもの静かな声で
「よく来たねぇ」というあなたの一言。

細くなった腕をこちらに伸ばして
優しく
わたしの手を握りしめる。

あれが別れの挨拶だったのか。

形而上のベッドに横たわり
屹立するあなたの精神は
まるで十字架の
イエスのような苦悶に満ちていて。

サヨナラはいかにも唐突で
冥府の底から　孤独なディオニュソスのように。

サヨナラ。

ことばの森で
あなたはきっと呪術師で。

これから宝島を探しに行くところで。

あれはその合図だったのだろう。
ヒントだったのだろう。

こころとは不可思議なものだから
花鳥風月のひとよ。

神話の森から
あなたは羽ばたく鳥となるだろう。
サヨナラ。
と　つぶやいてあなたは
忽然と
わたしたちの前から消えてしまって。
サヨナラ。
もう会えない。

逍遥遊*

その声を　まだ誰も聞いたことはないから。その姿を
まだ誰も見たことがないから。見えない声というものが
あるだろう。聞こえない姿というものもあるだろう。

天籟《てんらい》がゆっくりと襲ってくるから。
天の吐く息が　強大なつむじ風となって襲ってくるから。
風神や雷神が雲の上から　地上めがけて襲ってくるから。

ひとの魂は揺れ動いている。

野原の草木も揺れ惑っている。
荘子の宇宙に遊ぶのだから。
風の宇宙に吹かれるのだから。

地上の億兆のいのちよ。
蛇や蛙や鮒《ふな》や泥鰌《どじょう》よ。
地上にぴったりとはりついて生きるものたちに
告ぐ。

あなたの息を吹き鳴らせ。

いのちとは不思議なものだ。

冷たいひかりが細い管《くだ》に　それは敵意のように輝いているが　魚も鳥もひとも　所詮は寂しい管で　それはじつにちいさなちいさな細い管で。それは宇宙でたった一つだけの寂しいいのちの微粒子にすぎない。だから　大きく息を胸いっぱいに吸い込んで　あなたの全身を吹き鳴らせ。あなたの息を吹き鳴らせ。

さぁ。
あなたの息を　吹き鳴らせ。
あなたの人籟《じんらい》を　吹き鳴らせ。
人籟が奏でるのは　魂の悲しい響きで。
ひとという仮象の器の。

それがたとえ。
地上の億兆のいのちの。
かりそめの吐息にすぎないにしても。

さぁ。
大地の吐息を　吹き鳴らせ。
地籟《ちらい》は　草木に風の吹きすさぶ音。
地上のいのちが薙ぎ倒される悲鳴で。
蛇や蛙や鮒や泥鰌も悲鳴を上げよ。
地上の吐息は切ないぞ。

天籟は　万象の陽炎のような響きで
そのしなやかな背中に跨《またが》って
あなたは北冥の一匹の巨大な魚になる。

あなたは南冥の一羽の巨大な鳥になる。
いのちの輝きに満ち満ちて。
こみあげてくる痛みにも耐えて。
啓示のような　天籟の宇宙を。
あなたは逍遙する。

逍遙して。
逍遙遊をして。

あなたの指は　東に。
あなたの足は　西に。

寂しくて。嬉しくて。
悲しいほどに美しい唇のひとが。
天空の岸辺を斜めに突き進んでいく。
口笛をヒューヒュー吹きながら。

逍遙遊して。
逍遙遊して。

Ⅱ 竜宮へ。

竜宮岬　2

遠い記憶を　たぐり寄せている。
どこかでかつて見たような
どこかで一度聞いたような
懐かしいひとの名前。

おぼろげな霧の中に
たちのぼってくる岬の
その
まぼろしの
場所の名前を。

思い出そうとしても　思い出せないのだけれども。

海のとびらを開けば
いちめんの暗闇に包まれる。

岬では
映画のラストシーンのように
波に散る　はかない飛沫《しぶき》のように
懐かしいひとが
笑顔でこちらに向かって手を振っていて。

いちめんの霧の
海には　母の匂いがたちこめている。

この岬の沖で
あなたを招いているひとは誰ですか?

海の底には魚《うお》たちのたくさんの歌声がふるえていて。

オ母サン
もう一度　聞かせてください。
海幸山幸《うみさちやまさち》の＊
不可思議なお伽噺《とぎばなし》を。

竜宮ハ　楽園デスカ？
アヤマチ　ハ　ユルサレルノデスカ？

ここには
夜空の天の川のように星が瞬き。
飛び散る乳の
甘酸っぱい匂い。

きれいな花もたくさん咲いています。
ワタツミノトヨタマヒメの。
オ母サンの。
きれいな花。

大声で
わたしは名前を呼びました。

懐かしいひとの名前。

ホデリは海幸彦の名。ホオリは山幸彦の名前です。

その名を聞きながら
その名を呼びながら
わたしは眠りに落ちるのですね。

スローモーションで
星や樹木がゆっくりと流れているのは
海の底にいるからですか？

無数の海藻が足にからみついています。
海の底へ　とても強い力で吸い込まれていきます。

竜宮ハ　楽園デスカ？
アヤマチ　ハ　ユルサレルノデスカ？

もう一度。
教えてください。

オ母サン。

美《ちゅ》ら海《うみ》

四半世紀ぶりの沖縄は
背骨を高速道路が貫いていて。

首里城も、守礼の門も、
ゆっくりと夕陽を浴びて
海の底に沈んでいる。

美《ちゅ》ら海《うみ》の南の島は
マリンブルーの海に
碧色の珊瑚礁と白い波頭が
鮮やかな島影をかたちづくっていて

近代化した沖縄の美ら海浜で
屹立する高層ビルディングの尖塔は
深い海の底の廃墟のような
むしろ静かな佇《たたず》まいである。

北部の海洋博公園にも
近代的な大水槽に
沖から潮があふれてきて

わたしたちはいつのまにか
魚の匂いを発して
魚《うお》族の末裔になっている。

米軍基地は
美ら海に小さく顔を出して

憂鬱そうに眉をしかめているが

ひめゆり部隊の津波古《つはこ》ヒサさん*は
こちらを向いて
「浜辺へいっちゃだめよ」と叫ぶ。

浜辺には亡骸が浮いていて
もう二度と思い出したくない。

「戦争の恐ろしさは
ひとを変えてしまうことなんですね」

失われたものは戻らない。

自然が失われると
ひとのこころも変わるのだろうか。

美ら海の砂の白さが
少しずつ消えていくような気がして

ひとは
そこに
失われた楽園を美ら海と呼び
無明のこころをそっと浸してみるのだ。

海へ*

その岬の突端に立つと
ひかりは真上から降《お》りてくる。

海のひかり
空のひかり
地のひかり

ポルトガルのひかりは
目を閉じても
こころの海に
いつも　降りそそいでいて。

アマデウス・モーツァルトの音楽のように。

存在はひかり。

どこからか
イ長調　ピアノ協奏曲のアダージョの
震えるような
鎮《しず》もるような
もの悲しい音律《メロディ》が
あなたの耳には聞こえてくる。

波濤《はとう》は
こころの高ぶりを。

群青《ぐんじょう》のひかりは

高ぶりを抑えた
穏やかな春のひねもす楽章の調べとなって。

とてもやさしいあなたの
ポルトガルの
春の
岬

あなたの
存在がひかり。

前奏曲は　岬を包み込むように　もう既にこころの海に鳴り響いている。

イヴ

イヴよ
　あなたの声は
ヴァイオリンの音色のように切なくて
　小刻みに震えている

わたしの胸の一本欠けた肋骨の隙間
鬱蒼と茂った原生林の深い森の奥から
　あなたの声は聞こえてくる

　森の薄暗い窪地には
アダムの肋骨が一本無造作に置かれていて

イヴよ
あなたの声はそのくぐもった骨の中心から
聞こえてくるようだ

原初の森の暗い空から
見えない手が
あなたの輪郭を
ひとのかたちのように指でやさしくなぞっている

肋骨から
存在のかたちは与えられる
ひとのかたちに縁取られる

イヴよ
あなたの皮膚は

いまでもまだ泥と苔とに覆われているが
　ちいさな塊には小高い丘と
谷間の深い裂け目もあらわれてきている

　　　　見えない手は
薄暗い窪地の泥を骨とともに
ひとのかたちに変えるだろう

　　　　イヴよ
あなたを周囲の森から切り取ろう
　泥を大地から切り離して
あなたをいとおしく愛撫しよう

　神のデザインは
形態も意図も愉悦も

全てが予定調和のままで

イヴは選ばれた罪深きひと
至福な One Flesh*
アダムとひとかたまりの肉となる

イヴよ
あなたはゆっくりと
薄暗い窪地から身を起こすだろう
こちらを振り向きながら
きっとあなたは寂しく微笑むだろう
その罪深い眼差しで
(さぁ　アダムよ。熟れた果実を食べよう)

（選ぶのはあなたであって。わたしではない）

イヴは　耳元でそっと囁く

選ぶひとは
既に定められて選ばれた罪人《つみびと》である

あなたは罪のひとでありながら
存在の全てを透明にして
原初の風に吹かれるひと
至福の愛を呼吸するひと
楽園の果実を頬張るひと

わたしたちは荒れ狂う嵐の海となり
見えない手によって楽園を追われる

見えないい手のなすがままに

イヴよ

あなたはいま目を閉じて震えているか

罪に怯えているか

選ばれた罪深きひとは

ただ黙って運命に耐えているひとだ

バベル

バベル
とは
バビロン？
あるいは
科学文明の権化のような
末路のような
「混乱」
という
意味？
バベルでは

聞こえるものと聞こえないもの
見えるものと見えないもの
対立する差異
が
あなたの意志によって
わたしたちに
瞬く間に生まれる
ことばが異なる
と
これほどに
苦い痛みになろうとは……
だれもが
識別できない

こころがかみ合わない
　　　　意味を違える
　　　　　　　　ので
　　　　業火《ごうか》[*1]となって
　　　　　町は燃えて
　　　　　　　　いる

　　　　　塔[*2]は燃えて
　　　　　　　　いる

　　　　狼煙《のろし》のように
　　　　紙屑のように

　　　　わたしたちの
　　つくりものの塔は
　　　　　　いったい

天まで届くのだろうか
どこまで地上から遠ざかれば——
問いかけも空しいので
秋は
収穫の季節の
実りと安らぎに満ちているので
わたしたち家族も
燃えつきてしまう
塔のように燃えてしまう
バベルよ
全ては泡沫《バブル》にすぎないにしても
バベルよ

ロト

ひとは
世のしきたりにしたがって
いのちの遺伝子を繋ぐのだが
ソドムには
そのような選択の余地がなかった

だから
ロトの娘*たちは葡萄酒になって
酒樽のような父の喉元に甘美な陶酔を流し込んだ

それから裸になって

まず父を滅ぼした
あなたが天上から硫黄の火を降らせ
町や草木をひとつ残らずこの世から消し去ったように
ひとのこころを封印させるものとは
いったい何なのだろう

振り返ってはいけない
あなたの言いつけに背いて
塩の柱になったロトの妻は
振り返らずにはいられなかったのだ

この世の終末を
振り返って見ずにはいられなかったのだ

にもかかわらず
どうしてあなたはいつも沈黙したままなのか
ロトもその娘も不安である

ここから見ると
ソドムの町は崩れ傾き
終末はあなたの強固な怒りと意思とに包まれている

ロトは酒臭い息で
裸の娘を抱き寄せる
不吉なことは起こらない

全てがあなたの思いのままであり
いのちを繋ぐために

ロトは滅びの道をあるくのだから
　　　　　　　夕暮れになると
ヨルダン川の水はソドムの町を飲み込みはじめ
　家々の屋根を覆いつくして
ソドムは水底に眠る町になる

　　　ロトもその妻も娘たちも
　　　　　　　　そこでは
記憶のなかで眠るものたちのひとりにすぎない
ロトの娘たちは父母の名を繰り返し呼びつづける

　　　　　　　　やがて
　　　　　　　あなたは
水底のロトとその妻と娘たちを永遠の眠りにつかせ

いのちの遺伝子に刻まれたその町の名は
わたしたちに
至福と悲しみの記憶となる

縁《えにし》について

ひとの縁というものは
不思議なものだ。

「糸」偏の
身体の「へり」で
繋がっているあなたと
梨が四《よっ》つ。

静物画の皿のような
この世界の上で

ほら　もう既に
（お元気ですか？）
挨拶を交わしている。

梨は
果実の香りを馥郁《ふくいく》と放ちながら。
あなたは
まろやかに熟成しながら。

文字の霊魂

文字の霊魂などというものが　あるものなのかどうか。

ナブ・アヘ・エリバ[*1]が考えたのは
両河地方《メソポタミア》の遠い昔
アッシリア帝国が栄えたニネヴェでの話だ。

ひとは死ぬと　霊魂になる。

見えない霊魂となって　天空高くに舞いあがり
大切なひとを見守っているのだと
祖母が話してくれた。

ひとは死んで魂となるが　文字は死なない。
文字は生きながらにして　既に魂となっている。

石川さん[*2]の文字を見ていると
なぜかとても満ち足りた気持ちになるのは

こころが指先の仕草に
掌に包まれた筆先のひとすじひとすじに

深くて　動かしがたいもの。
孤独で　満ち足りているもの。
豊かで麗しい　感情の起伏というものが
目に見えるように置かれているからだ。

文字には

そのままに霊魂が宿ってしまうものなのだろうか。

ただのひとつの線にすぎないものが
その線の単なる集まりにすぎないものが
どうして歓喜や怒りや悲しみをあらわすのか。

あすの盛りの花待ちて[*3]♫ と
歌っている少女たちのコーラスが
文字の背後から　いまにも聞こえてくるようだ。

たとえば
「気節《きせつ》」[*4]という文字を
石川さんならどのような線で描くのだろうと

ふと
その文字の霊魂のことを思ったりもした。

小高《おだか》へ

もうだいぶ昔のことになる。福島県いわき市の北部、常磐線の「久ノ浜《ひさのはま》」の駅舎でHさんと待ち合わせをして、直径六十センチ程の大型アンモナイトの化石群を見に出かけた。いわき市久之浜町にある市営施設の「アンモナイトセンター」である。この辺り一帯は「フタバスズキリュウ」の化石が掘り出されたところで、恐竜の時代「白亜紀」の地層が露出していることで有名なのである。巨大アンモナイトがごろごろと露出している地層を大きな屋根で覆い、化石を山肌に半ば埋まったままの状態で展示・公開をしている。訪れた時はちょうど、知人の研究者や職員が、展示地層からアンモナイトを掘り出してい

る最中だったので、その発掘現場の地層（立入禁止のア

ンモナイトの露出地）に特別に入れてもらって、エジプト

神アモンから名付けられたというアンモナイトの化石に

直接手で触れる幸運に恵まれた。まるで一億年前の白亜

紀の海底で鰓呼吸をしている魚のような気分だった。

福島県の太平洋岸は、南北に約百五十キロの長い海岸線が続いている。その細長い一帯を「浜通り」地方と、県民は親しみをこめて呼ぶ。浜通りのいちばん南に位置するのはいわき市。そこから双葉《ふたば》郡の広野《ひろの》、楢葉《ならは》、富岡《とみおか》、大熊《おおくま》、双葉、浪江《なみえ》の各町の聚落が続き、そして南相馬《みなみそうま》市、相馬市と北上して福島県の最北端は宮城県と隣接する相馬郡新地《しんち》町となる。いわき以北の海岸沿いを常磐線が単線で北上している。車窓からは、東に太平洋の波しぶき、西側には緩やかな阿武隈山地のなだらかな尾根を眺めることができる。また、この南北に細長い海岸線のちょう

ど中程の辺りには、東京電力の福島第一、福島第二原子力発電所があり、この地方一帯は、首都圏へ供給するための原発電源地帯でもある。小高《おだか》は平成十八年に近隣の原町《はらまち》市、相馬郡鹿島《かしま》町との一市二町が合併して、南相馬市小高区という新しい地名になった。それ以前は相馬郡小高町である。

阿武隈のなだらかな尾根が
東の海岸線にまでせり出している。
常磐線の車窓からの眺めには
どこか東北訛りの懐かしさが漂ってくる。
仙台行き「スーパーひたち」は
いわきの町並みを通り過ぎてしまうと
太平洋の波しぶきのような
小さな無人駅が
いくつも目の前にあらわれては幻のように消えていく。

草野《くさの》。久ノ浜。末続《すえつぎ》。広野。
木戸《きど》。夜ノ森《よのもり》。大野《おおの》。双葉。
楢葉という町の名もあって。
不思議な森や野原の真ん中に迷い込んでしまったようで
どこからか葉擦れの音も漏れてくる。
そこを一目散に駆け抜けてしまうと
浪江。桃内《ももうち》。
太平洋の飛沫がピンク色に弾けるような
春の標葉《しねは》の里山を縫うようにすり抜けると
ようやく　小高に着く。
小高は平らな町だ。
駅舎から低い雲が海岸沿いの地まで垂れ込めていて
夢は小高の甍の上でたゆたっている。
ひとも雲も
そこから先へは流れていかない。

小高にゆかりのある文学者は、島尾敏雄。島尾敏雄の両親は、ともに小高の出身者である。小高には、島尾姓が多い。島尾敏雄は、小学校入学前は、母方の祖母の元に預けられて育てられたので、島尾敏雄の幼少の記憶には小高の風土が強くまとわりついている。短編「いなかぶり」は、小高の海岸、村上の浜で体験した不安と恐怖に包まれる少年の心理を描いた秀逸な作品である。ここにはいかに小高が島尾敏雄の原風景に重なっているかがよく描かれている。祖父母が亡くなってしまっても、島尾敏雄は家族を連れて、小高をよく訪ねたようだ。

島尾敏雄の長男である島尾伸三さんの著書『小高へ』を読むと、家族四人連れで小高駅に降り立つ姿が描かれている。小高の駅舎は、その当時のままではないのだが、駅の東側は昔のままの田圃が一面に広がり、小高川沿いにそれは海岸まで続いていて、一昔前の懐かしさが今でも感じられる佇まいである。

島尾敏雄ばかりではなく、埴谷雄高もまた、父親が小高の出身者である。埴谷雄高の本名は般若豊《はんにゃゆたか》で、般若家は小高では由緒のある武家の家柄であり、地元では「般若様」といわれ一目置かれた存在であった。島尾敏雄が、初めて埴谷雄高と出会ったときに、「雄高は「おだか」ですね」と尋ねたという。「雄高」を「おだか」と読むことができるのは、埴谷が小高の「般若様」の家の出身であることを知っていないとこれはかなり難しい。

「雄高は小高より發せり」という
埴谷雄高の声がどこからか聞こえてきて。
島尾敏雄が家族といっしょに降り立った

駅のプラットホームには
電信柱の長い影が寂しく鉄路におりている。
不思議な空気が流れている。
鈍く澱んでいるのに
小高は透明なひかりにあふれている。

小高の町外れに、「小高神社」がある。島尾敏雄が小高に帰省するときに、まず訪ねた井上家は、この小高神社の小高川を挟んだ向かい側、貴船神社の前に位置している。小高神社は正式には「小高妙見神社」といい、この地の有名な「相馬野馬追《そうまのまおい》」（毎年七月の二十三日、二十四日、二十五日の三日間かけて行われる。一千有余年の歴史と伝統を誇る国指定重要無形民俗文化財）の夏祭りは、この妙見神社の祭礼に端を発している。この祭礼は、江戸時代の文献によれば、小高近郊の「野馬追原」という馬の放牧地で敵に見立てた荒野馬を追い、そこから小高の妙見社に馬を追い込み、崇拝する妙見様にこの生け捕った馬を献上し奉納する儀式であり、これによって武家としての誇りを保ち、武家として訓練を行いながら軍法を学び習得させるねらいがあったと言われている。

「相馬野馬追」の祭りは、鎧兜で身を固めた相馬郡の近在五郷（宇多《うだ》郷、北《きた》郷、中《なか》ノ郷、小高郷、標葉郷）の騎馬武者約五百騎が出陣し、戦国絵巻さながらに宵乗《よいのり》（宵乗競馬）や騎馬武者行列、古式甲冑《かっちゅう》競馬《けいば》、神旗《しんき》争奪《そうだつ》戦（騎馬武者が武功を目指して御神旗を奪い合う）、野馬懸《のまがけ》の神事等を繰りひろげるという祭りである。

　小高城は、一三二三年から相馬氏（相馬藩）最初の居城として約二八〇年余りの長い年月にわたって現在の小高妙見神社の場所にあった。しかしその後、一六一一年に相馬氏は居城を小高城から中村城（現在の相馬市）へ移した。当時小高城は、別名「紅梅山浮舟城《こうばいさんうきふねじょう》」と呼ばれ、花（梅・桜）の名所として有名であった。現在でも、小高神社は、小高城の跡地として花見等で人々に親しまれている。

深呼吸して　空気を胸一杯に吸い込むと
ちょっと塩辛い海の味もして
東からは太平洋の潮水がひたひたと押し寄せてくる。
西には阿武隈の低い山脈《やまなみ》
そのなだらかな尾根の端《は》に
大きな夕日がころころと転がり落ちてくると
いつのまにか小高は
夕映えの波間に寂しく漂う浮舟の城になる。

明治以降の小高は養蚕の盛んな地で、羽二重の町としても栄えた。かつては、町裏には機織りの織機の音が響いたという。その小高の浮舟文化会館の一角に、「埴谷・島尾記念文学資料館」がある。その小さな資料館に入ると、「雄高は小高より發せり」と書かれた埴谷雄高直筆の書が、真っ先に、威厳に満ちた姿で目に飛び込んでくる。

Ⅲ　ふたたび岬へ。

竜宮岬　3

岬の突端のあたり。
きっと舟から投げ出されて。
それからずっと海の底で
あなたは　長い夢を見ていたのだろう。
ダレニモ話シテハ　ナラナイデス。
振リ返ッテハ　イケナイデス。
秘密にしておかねばならないから。
禁忌だから――。

そのようになんども念を押されて
あなたが
竜宮岬に戻ってきたのは
それからしばらくしてからのことでした。

釣り糸が
空の高みの　遙か遠いところから垂れてきて
たぶんその釣り針を
ひと息であなたはのみこんだ。

それから
魚のように
瞬く間に海の底から此の世に釣りあげられたのでした。

神の御手によって。

記憶の一切をなくして。

竜宮ハ　ココ　ニ　アリマス。

けれども
秘密にしておかねばならないことだから。
禁忌だから――。

竜宮岬ノ鼻ノアタリ
海幸彦ノ釣リ針ヲ　ミツケマシタ。

玉手箱をそっと開くように
そんな秘密を
あなただけには教えてあげたいのだけれど。

ダレニモ話シテハ　ナラナイデス。
振リ返ッテハ　イケナイデス。

なくしたものは
もう二度とは戻らないものだから。
もしかしたら
あなたはずっと長い夢を見ていただけかもしれないのだから。

岬の突端のあたり。
めまいのように　幻のように
亡《な》くしたことばの霧がたちこめている。

竜宮岬ハ　ココデス。
竜宮岬ハ　コノサキデス。

祈りのように

ひかりは真上からまっすぐに降《お》りてきて。

ここは
わたつみのいろこの宮*

目を閉じると
竜宮岬の沖で
あなたの眠りは
いまも　深い海の底に漂っているのでした。

ポピー＊

あなたにそれほどの激しい思いがあったなんて――。

今際《いまわ》のきわになって
小首を傾け　みつめるまなざしから
朱色の毛玉が転げ落ちて
夕焼けのように
世界には終末がいつのまにか訪れている。

こころはもがいている。

夕焼けのように

あかあかと
すべてが燃え尽きてしまえば
それから
朱色の毛糸で巻かれて
あなたはいったいどこへ引き寄せられていくのだろう。

雛罌粟《ひなげし》よ。
こくりこ　って
あなたをそう呼んでみる。

天然の
透きとおったままのあなたを
緋色の花弁で包めば
あなたはふたたびわたしの野原で蘇るのだろうか。

遙かに遠く隔たっているあなたを

そっと目を閉じて
こころのなかに招き入れようとしても
あなたはゆらゆら。
春の野原でゆらゆら。
風にうつむきながらゆらゆら。
どうしてあなたはわたしではないのだろう。
虞美人草《ぐびじんそう》よ。
――ひとのいのちには限りがある――
だれのものでもないあなたの笑顔を
いま必死に思い出そうとしているのだが。

ぼんやりとして
どうしても緋色のあなたがうまく縁取れないのだ。

罌粟《けし》の花

風に揺れる罌粟《けし》の花。
小さな花びらが　かすかに揺れて
あなたは　濃密な真紅
夏の匂いになる。
夜には
薄みどり色の細い茎が　不安なこころのままで
あなたのみずみずしい乳房をあらわにする。

ひとが寂しいのは
どうしてなのだろう。

身体の内奥から
ふつふつと湧き出している泡沫《あぶく》のような虚しさに
「わたしは誰？」と問いかけてみる。

いまは誰もが
魚族の末裔となって
乾いた海を回遊している。

あなたとわたしは　半身の魚で
生臭い息を吐きながら
鱗のような光沢の肌を　都会のひかりにさらしている。

だから

髪の先まで寂しいひとよ。

蕾はまだ堅く俯《うつむ》いているが
やがて成熟するあなたは　どこか遠いところをみつめながら
柔らかな蕾を徐々にひらきはじめるだろう。

そのときあなたは
はじめて　ひとの姿になる。

わたしはそっと
あなたの花びらに触れてみる。
あなたの真紅の乳房に触れてみる。
あなたの髪のひとすじひとすじを
指でやさしく梳《か》きなでながら

罌粟ひらく髪の先まで寂しきとき* 多佳子

器の冷たさを
花はじっと確かめている。

髪の先まで
あなたの全てが　ひたすらに愛おしくて。

けもの

仰向けに寝転びながら
草の匂いをかいでいると
いつのまにか
風上からたてがみのように草がざわめきだして。
けもののような不安に襲われる。

風下では
草がざわざわ。
草原がざわざわと波立って。

細長い草が髪の毛のようになびいている。
空気が水の泡のようになって
肌の上で毬のように丸く弾んで
血の匂い。

わたしは涎を垂らして交尾する
けもののような匂いを発散している。

いま
草の上で揺れているのは
あなたです。

卵のようなあなた、球形のあなたです。

あなたを包むのは

湿り気を帯びた海風で
子宮に渦巻くつむじ風です。
風が世界を分けていくのですか。

そのとおり。

天上の裂け目から風は吹いてきて
雨粒もそこから落ちてくる。

雨が降ると草はしっとりと濡れて
あなたへの手紙は
薄墨のような淡い言葉の束となって
あなたの卵細胞の草の上に降りそそぐ。

明滅する遺伝子の二重螺旋の束となって

あなたのちいさな胸のなかの海にも届きます。

わたしは一匹の魚で。

あなたの中心のほうへ
濡れた草の上を泳いでいる。
割れてゆくあなたの球形の内側の湿り気を帯びた草の海を。

風は海を分けて。草の海を分けて。世界を分けて。球形を分けて。

分割や分節は風のしぐさでもあり
神のしぐさでもあり

分けられて。生まれて。意味づけられて。
天上から　受け身のまま
雨粒のように転げ落ちていくのですね、わたしたち。

冷たく、ひかって。

核分裂をはじめたあなたの
裂けていく時間にはもう誰も追いつかないので

球形の卵のなかで
あなたとわたしは睦み合う二人。

無限に分割するちいさな宇宙の
原初のけもの。

草を踏む

風に乗り、世界を開く。

書物の真新しいページをそっと開くように
不安と期待とがまじりあう愉悦のなかで。

海はざわめいている。
森はざわめいている。

強い風がページをめくっている朝もある。

そんなときは草の眠りをかぞえながら

穏やかな小春日和の縁側を思い浮かべてみる。
あなたが笑顔でわたしの前に佇んでいる。
石段が高く続いている日
一段一段を踏みしめながら母を背負って歩く。
不思議なもので
始まりにはいつも小さな椅子が世界の縁《へり》に置かれている。
心をどこに置こうか。
傷の痛みにうずくまる朝。
誰も気づかないふりをしていて
凍った電車は鉄橋を渡ってゆく。

眼を閉じたくなる。暗い闇にもぐり込みたくなる。
世界を遠ざけたくなる。

コンピュータのスイッチを押すように
機械的に朝は訪れるのだとしても
世界が薄暗いのは
夜のカーテンがまだ閉じられているからで

カーテンを開く大きな手が欲しい。
癒してくれるてのひらや指のような。

柔らかい湿りをおびて明日は来るのだろうか。

雨戸を開いて。雨を呼び入れる。
風神や雷神を招いて
世界を開く。

真新しいページの草を踏む。
遠くに湿った鉄橋も見える。川のほとりを歩くひとも。
存在は眼によってても支えられていて。

ふたたび岬へ。

少し唇をかみしめながら　目を閉じると
柔らかくて大きなてのひらの上に　わたしはいて。
ひとも万象も　湿った草を踏んで　草の息を大きく吸い込みながら
仮象の天空《そら》を風のように駆け抜けていく。

岬の風も
そっとわたしの背中を押してくれていて。

註・解題

竜宮岬　1

＊　福島県いわき市小浜の海岸には、切り立った崖に突き出た「竜宮岬」が人知れずひっそりと存在している。

洪水伝説

＊1　〈行きて負ふかなしみぞここ鳥髪に雪降るさらば明日も降りなむ〉山中智恵子歌集『みずかありなむ』（昭和四十三年刊）に所収。高天原を追放されたスサノオは、出雲の鳥髪山へ降りたという。

＊2　〈みずかありなむ〉は、「見ないでいるのだろうか」の意。

失楽園

＊　橋本多佳子句集『紅絲』（昭和二十六年刊）に所収。

さくら

＊　西行『山家集』に所収。詞書は「世にあらじと思立ちけるころ、東山にて人々、寄霞述懐と云ふ事をよめる」。二十三歳で出家を決意した頃の歌とされる。

ヤコブの夢

＊ ヤコブは、イスラエルの祖。旧約聖書「創世記」に出てくるイサクとリベカの息子。兄エサウを出し抜き、長子の祝福を得て、逃亡するが、その途上で見た夢で神からの啓示を受けた。

サヨナラ

＊ 平成二十一年一月十三日、水戸在住の詩人星野徹氏が逝去。星野氏は、茨城大学名誉教授の英文学者。一九七九年に詩集『玄猿』（沖積舎刊）で日本詩人クラブ賞受賞。葬儀は十七日に親族と詩誌「白亜紀」同人のみで無教会派による告別式を赤塚タウンホールで。お別れの会は、二十五日に水戸斎場で。詩人の新川和江さんがお別れのことばを述べた。

逍遙遊

＊ 〈逍遙遊〉は、「あてどなく、さまよい遊ぶこと」の意で、『逍遙遊』は、『荘子』内篇の第一。〈天籟・地籟・人籟〉については、『斉物論』（『荘子』内篇の第二）に、その叙述がある。

竜宮岬　2

＊〈海幸山幸〉神話。海幸は兄の火照命《ホデリノミコト》、山幸は弟の火遠理命《ホオリノミコト》。兄の釣り針をなくした山幸は、釣り針を探し求めて海の神（わたつみ）の宮へ行き、海の神の娘豊《とよ》玉姫《たまひめ》と結ばれた。

美ら海

＊津波古ヒサさんは「ひめゆり同窓会」の評議員で、「ひめゆり平和記念資料館」の資料委員、証言員。

海へ

＊粟津杜子さんの絵画「ポルトガルの岬」（表紙絵）へのオマージュとして。

イヴ

＊〈One Flesh〉は、「一心同体」の意。「become One Flesh」は、「結婚する」の意。「Flesh」は、「精神・魂と区別した肉体・身体」の意。

バベル

＊1　〈業火〉は、「地獄で罪人を焼くという火」の意。

＊2　バベルの塔は、旧約聖書「創世記」で、古代メソポタミアの中心都市バビロン

にあったと言われる巨大な塔のこと。〈バベル〉は、「バビロン」という都市の名。あるいは、「混乱」の意。

ロト

＊ 旧約聖書「創世記」。ソドム滅亡前にロトの家族は町を逃れる。しかし、天使との約束を破って後ろを振り向いたロトの妻は塩の柱となり、ロトの娘二人も、ロトをワインで酔わせ、子孫を残すために父と交わる。

文字の霊魂

＊1 ナブ・アヘ・エリバは、中島敦の短編『文字禍』に登場する文字の精霊の研究を命じられた老博士の名前。

＊2 いわき市の書家の石川葎《りつ》さん。「石川葎展　その書風を偲んで」が、平成二十年にいわき市「暮らしの伝承郷」で開催された。

＊3 福島県立磐城桜が丘高等学校（旧磐城女子高等学校）校歌の一節。校歌の二番は、「過ぎし昔のすぐれたる／跡を学びて若き春／あすの盛りの花待ちて／睦み励まむ（後略）」という歌詞で、土井晩翠の作詞。石川さんの手になるこの校歌の書が大切に残されている。

＊4 磐城桜が丘高等学校（旧磐城女子高等学校）の校訓のひとつ。〈気節〉とは、大言海では「気概、節操の略。理義を守りて人に屈せざること。気骨」の意。

竜宮岬　3

＊〈わたつみのいろこの宮〉は、山幸彦が、なくした釣り針を求めて訪れた海神の宮殿をいう。「わたつみ」は海の神、「いろこ」は魚鱗の意。明治時代の洋画家、青木繁の代表作に同名の絵画がある。

ポピー

＊「雛罌粟《ひなげし》」、「こくりこ」、「虞美人草《ぐびじんそう》」、とも呼ばれる。

罌粟の花

＊橋本多佳子句集『紅絲』（昭和二十六年刊）に所収。

齋藤　貢（さいとう　みつぐ）

一九五四年、福島県に生まれる
詩集『魚の遡る日』（一九七八年、国文社）『奇妙な容器』（一九八七年、詩学社）
『蜜月前後』（一九九九年、思潮社）『モルダウから山振《やまぶき》まで』（二〇〇五年、思潮社）
詩誌「白亜紀」「歴程」同人

現住所　〒九七〇―八〇四三　福島県いわき市中央台鹿島一丁目四十の一

竜《りゅう》宮岬《ぐうみさき》

著者
齋藤《さいとう》 貢《みつぐ》
発行者
小田久郎
発行所
株式会社思潮社
〒一六二―〇八四二　東京都新宿区市谷砂土原町三―十五
電話〇三(三二六七)八一五三(営業)　八一四一(編集)
FAX 〇三(三二六七)八一四二
印刷
三報社印刷株式会社
製本
小高製本工業株式会社
発行日
二〇一〇年十月十四日